SUITE

DES

ÉVÉNEMENTS CONTEMPORAINS

DEPUIS

LA GUERRE AVEC LA PRUSSE

SEPTIÈME VOLUME

BORDEAUX
IMPRIMERIE NOUVELLE A. BELLIER
— 16, rue Cabirol, 16 —

1877

SUITE

DES

ÉVÉNEMENTS CONTEMPORAINS

DEPUIS

LA GUERRE AVEC LA PRUSSE

SEPTIÈME VOLUME

BORDEAUX
IMPRIMERIE NOUVELLE A. BELLIER
— 16, rue Cabirol, 16 —

1877

PRÉFACE

Je voulais un moment ne plus versifier,
Déserter le Parnasse et me faire oublier.
Mais, des amis nombreux, relevant mon courage,
M'ont prié de ne pas abandonner l'ouvrage,
Prétendant qu'il serait bien dommage, à Bordeaux,
De ne plus voir de moi quelques écrits nouveaux.
Par des gens compétents je me suis laissé dire,
Que je devais toujours cultiver la satire.
Encouragé par eux, j'ai repris mon essor,
Et de politiquer, vais m'occuper encor.
Les hommes de Septembre et les gens de l'Empire,
Aujourd'hui sont plongés dans un certain délire.
C'est presque entre eux toujours qu'existent les débats.
C'est une haine à mort qui ne s'éteindra pas.
Des fous et radicaux, la famille est nombreuse :
Il faut pour les mater une main vigoureuse.
Le pays au repos veut sans cesse aspirer,
Disant secrètement que çà ne peut durer.

En Europe entre temps survient une aventure,
Qui pour la paix, peut prendre une triste tournure.
Mars de tous ses fléaux infeste l'Orient,
Et c'est pour l'Univers un spectacle effrayant.
Dans cette alternative, il faut que l'on s'explique,
Car il ne s'agit pas pour nous de République.
Il s'agit d'une grave et haute question,
Où l'on ne voit régner que la confusion.
En vain je vois surgir dans une Conférence,
La superbe Albion, la Russie et la France,
L'Allemagne, l'Autriche et d'autres nations,
Pour ne pas en venir à des collisions.
Je crains qu'à l'amiable, on ne puisse s'entendre,
Il faudra recourir au sabre d'Alexandre,
Qui devra forcément trancher le nœud gordien,
Et rétablir la paix dans le monde chrétien.
Les musulmans, remplis d'un zèle fanatique,
Ne sont pas disposés à vivre en République.
Le peuple qui gémit sous ce régime affreux,
Est nécessairement un peuple malheureux.
Ils préfèrent cent fois, conserver l'Islamisme,
Que de subir les lois du républicanisme.

Rentrée des Chambres pour la session de Mai 1876.

Les Chambres en rentrant de leurs longues vacances
Reprirent, le vingt mai, le cours de leurs séances.
On s'occupa d'abord de remplacer Ricard
Qu'une cruelle mort enlevait par hasard.
Pour ne pas disloquer le nouveau ministère
Et n'y rien déranger, Mac-Mahon prit Marcère.
Marcère par ce fait eut donc l'intérieur :
Pour secrétaire il prit Faye, un ancien questeur.
Grévy, sans concurrent, garda la présidence,
Et le même bureau fut pris de préférence.
Après quelques rapports, et sans discussions,
La Chambre examina quelques élections.
Puis, comme il faut du bruit en temps de République,
Bientôt se ranima l'arène politique.
On allait remplacer le sénateur Ricard,
Et dans ce choix, chacun entendait prendre part.
Ce fut pour le Sénat une affaire importante :
Il ne voulut subir une plus longue attente.
Le grand parti de l'ordre, armé pour le combat,
Espérait bien sortir vainqueur de ce débat;
Et Marcère, en croyant vaincre la Chambre haute,
Avait fait fausse route et compté sans son hôte.
Renouard, de Buffet était le concurrent :
La victoire appartint à l'ancien président.
La raison triompha dans cette grande lutte :
Du nouveau cabinet, ce fut presque la chute.

16 Juin 1876. — Nomination de Buffet au Sénat.

Mais c'est à peu de voix que la majorité
Contre Marcère obtint ce succès mérité;
En sachant demeurer ferme, unie et compacte,
Elle acquit le pouvoir d'accomplir ce grand acte.
La nomination, au Sénat, de Buffet
Produisit dans le monde un admirable effet :
Il fut ainsi vengé d'une grande injustice;
La gauche consternée en fut comme au supplice.
Le Maréchal était pour cette élection,
Et chacun soupçonna son occulte action.
De son ancien ministre, en prenant la défense,
Il lui devait au moins cette reconnaissance.
Si de la République, il est le Président,
C'est Buffet qui l'a mis dans ce poste éminent.
L'un et l'autre suivaient la même politique,
La seule qu'on pouvait vraiment mettre en pratique.
Si Dufaure et consorts succombaient aujourd'hui,
Mac-Mahon, de Buffet, réclamerait l'appui.
Qui peut dire l'intrigue et l'effort incroyable
Des partis combattant en ce jour mémorable?
Le succès obtenu par les Conservateurs
Plongea le ministère en de sombres terreurs.
Le journal appelé *République française*
Du même coup sentit un violent malaise;
Et la gauche se prit assez insolemment
A vouloir seule agir dans le gouvernement
Accusant du pouvoir la misérable allure
Qui n'avait su prévoir cette mésaventure.

« Tant mieux que ce Buffet se présente au Sénat !
» Il ne peut qu'aboutir au plus vain résultat ;
» Et sa candidature, à bon droit repoussée,
» Nous verrons de Buffet la grandeur terrassée.
» Ce sera le moyen de remettre au néant
» Ce ministre pygmée et qui se crut géant. »
C'est ainsi que, rempli d'une folle arrogance,
S'exprimait Gambetta dans sa vaine jactance.
Le ministère et lui comptaient, dans le scrutin,
Obtenir un succès éclatant et certain.
Cet homme à qui la France a dû toutes ses hontes,
Persiste en son refus de nous rendre ses comptes,
Quand dans l'emprunt Morgan, il devrait le premier
Faire tous ses efforts pour se justifier.
Il croit, le temps aidant, qu'on oublîra l'affaire,
Que ses accusateurs finiront par se taire.
Il se dit : après tout, que peut-on demander ?
Ce qui fut bon à prendre est bien bon à garder.
Avec peine autrefois, il payait une chope
Soit au café Madrid, soit au café Procope :
Il possède aujourd'hui cinq ou six millions
Qu'il a gagnés, dit-il, grâce à ses fonctions.
Le *Journal des Débats*, contre Buffet fulmine
Et de troubler l'Etat l'accuse et l'incrimine.
Ce journal, autrefois si sage et modéré,
Dans cette circonstance est fort exagéré.
Il déclare au Sénat que la guerre civile
Sera le résultat de son humeur hostile.
Il n'est pas de moyen d'intimidation
Qu'on n'ait mis en avant dans cette occasion.
Les ministres, surtout, grâce à leur influence
Crurent que Renouard aurait la préférence.
On n'avait vu jamais dans une élection,
Le pouvoir exercer pareille pression.
Dufaure, Léon Say, d'Audiffret et Marcère.
Menaçaient le Sénat de toute leur colère.

Ils sont tous déroutés, et rien ne prouve mieux
Du succès de Buffet l'effet prodigieux,
Que des républicains les clameurs impuissantes
Et de tous leurs journaux les menaces croissantes.
La gauche insolemment dit que les sénateurs,
Dans cette occasion sont les provocateurs.
Par un étrange abus de mots et de langage,
Le Sénat aujourd'hui du scandale est l'image,
Parce que, s'appuyant simplement sur ses droits,
Il prend pour sénateur un homme de son choix.
La gauche était trop fière et malgré sa puissance
Elle a reçu le prix de son impertinence.
Enfin, nous avons vu comment dès aujourd'hui,
Elle entend respecter la liberté d'autrui.
L'*Union*, l'*Univers*, deux journaux monarchiques,
Se sont, envers Buffet, montrés fort sympathiques,
Accueillant avec joie un homme de combat,
Capable de tenir le timon de l'Etat.
Le Sénat, de la gauche abhorrant la conduite,
Prétend, à son orgueil, poser une limite.
En présence de tant d'invalidations,
Ne sont-ce pas autant de provocations ?
Et d'aucuns de la Chambre ont vanté la sagesse,
Et blâmé du Sénat l'inflexible rudesse !
Léon Say protégeait son oncle Renouard
Auquel il destinait la place de Ricard.
Mais le Sénat, usant de son indépendance,
A Buffet, a voulu donner la préférence.
Les ministres parlaient de leur démission,
S'ils ne triomphaient pas dans cette question.
Pourtant, quoique battus, ils conservent leurs places,
Et, loin de s'incliner, ils sont pleins de menaces.
Les préfets sont l'objet de leur aversion :
Ils se vengent sur eux de leur déception.
Barante, sénateur, rempli d'indépendance,
Voit son gendre Névro frappé de déchéance,

Et de tous sénateurs dans l'opposition,
Les parents sont atteints de destitution.
C'est ainsi que Marcère, affamé de vengeance,
Des bons républicains obtient la confiance,
Et, tout en se disant ardent conservateur,
Garde son portefeuille avec joie et bonheur.

---

25 mai 1876. — Exposition, Concours régional à Bordeaux, sur la place des Quinconces.

Peu de villes en France ont un emplacement
Qui s'étale aux regards plus magnifiquement :
Dominant tout le fleuve, une large esplanade,
Sise au cœur de Bordeaux, lui sert de promenade ;
L'ombre abrite partout les vastes bas-côtés
De ce grand terre-plein, en beaux arbres plantés ;
Nos soldats fréquemment sont passés en revue
Sur cet emplacement de si grande étendue.
L'agriculture aussi se plaît à faire choix
Des Quinconces, afin d'y montrer ses exploits.
On les voit maintenant, de planches entourées,
N'offrant plus au public que trois larges entrées.
Dans cette vaste enceinte, on remarque partout
Les produits de la terre arrangés avec goût.
Des légumes, des fleurs il serait imposible
D'indiquer la beauté vraiment indescriptible.

La rose, du Printemps, sera toujours l'honneur :
Les Dieux la proclamaient sans égale en douceur.
Pourtant bien d'autres fleurs de diverse nature
Veulent qu'on les admire en leur belle parure :
Quoi de plus beau vraiment que le camélia,
Et qui ne vanterait l'éclat du dalhia ?
Mais je louerai surtout le groupe d'azalées
Par Gendron à nos yeux richement étalées :
Si, dans ces belles fleurs, il me faut faire un choix,
La comtesse de Flandre a droit au prix, je crois.
Le ciel, en ce concours, souriait à la terre :
Un soleil radieux inondait le parterre,
Et l'on voyait courir ses rayons enflammés
De fleur en fleur, cueillant leurs baisers parfumés.
L'horticulture rend les âmes sympathiques :
Elle adoucit les mœurs des gens les plus rustiques.
Flore, ainsi que Pomone, a droit à nos faveurs :
Quel plaisir sur la terre aurions-nous sans les fleurs ?
Rendons hommage ensuite à notre agriculture,
Avide des trésors que fournit la nature :
Elle fait chaque jour d'admirables progrès.
L'industrie, à son tour, l'accompagne de près,
Et je ne connais point de plus nobles conquêtes
Que les siennes, — témoin ces pacifiques fêtes !
L'on se plaît à la voir s'enrichir tous les ans
D'instruments précieux, si chers aux paysans.
Les laboureurs surtout regardent les charrues
Dont la combinaison s'accorde avec leurs vues.
De tous côtés, ce sont hache-paille, pressoirs,
Manéges à compas, faucheuses, égrainoirs,
Puis pompes à pression pour faire l'arrosage,
Puis batteuses, rateaux pour niveler l'ouvrage.
Rendons notre visite ensuite aux animaux
Qui sont, pour la plupart, aussi rares que beaux.
Un jury spécial désigne et récompense
Tous ceux dont le travail et dont l'intelligence

Ont à l'envi créé ces superbes produits
Et méritent ainsi d'en recueillir les fruits.
Dans l'Exposition de notre agriculture,
Pourquoi donc n'ai-je point trouvé l'apiculture ?
Les abeilles, pourtant, ont beaucoup d'intérêt :
Virgile en a parlé dans un style parfait.
Mais pour bien compléter cette fête agricole,
D'un superbe festin, il fallait l'auréole.
Le maire et les adjoints entrant en fonctions
Firent donc à leur gré des invitations
Aux lauréats, d'abord, puis aux grands dignitaires :
Préfet et généraux, cardinal, grands-vicaires.
Ils s'apprêtaient à voir le brave Mac-Mahon,
Que Fourcand attendait dans cette occasion.
A ses nombreux amis, il avait promis même,
Qu'ensemble ils jouiraient de cet honneur extrême ;
Finement il jeta beaucoup de poudre aux yeux,
Pour que sa renommée allât jusques aux cieux ;
Et ce dîner offert par la démocratie,
Suivit les errements de l'aristocratie.
On ne voyait partout que somptuosités
Aux foyers du théâtre avec luxe apprêtés ;
Cent esclaves ornaient ce festin magnifique ;
Le service fut fait d'une façon magique,
Et cela, pour flatter les nouveaux parvenus,
Pour lesquels les honneurs sont toujours bienvenus.
De nos municipaux, étant le chef suprême,
Fourcand fut, de la fête, estimé l'auteur même.
Mais, n'est-ce pas l'ancienne administration,
A qui l'on en devait la préparation ?
Les intrus ont trouvé la besogne avancée :
Du programme actuel la route était tracée.
Pourquoi donc la *Gironde* a-t-elle prétendu
Qu'à nos municipaux le succès était dû,
Et dit que Pelleport, par manœuvre secrète,
Voulait faire avorter le succès de la fête ?

Mais, en vain, avaient-ils invité Mac-Mahon,
Ainsi que son ministre à leur réunion;
Le cardinal aussi brillait par son absence:
Pelleport eut, sans doute, obtenu leur présence.
Et comment voulez-vous qu'on vienne visiter
Des êtres qu'on voudrait de sa table écarter?
L'âme du Maréchal n'était pas disposée
A voir une mairie aussi mal composée,
Lui qui de Pelleport avait fait l'heureux choix
Et l'eût encor voulu maire comme autrefois.
Les convives entre eux ne se connaissaient guère,
Et formaient, je le crois, un lot assez vulgaire.
Ce qui les égaya, c'étaient d'excellents vins.
Quelle aubaine, a-t-on dit, pour des républicains!
Ayant beaucoup de goût pour la gastronomie,
Ils burent à longs traits la divine ambroisie.
De beaux vers qu'un poète essaya d'entonner,
Ne purent nullement égayer le dîner.
Il faut dans un banquet, rire, chanter et boire
Et savoir raconter quelque charmante histoire;
Mais la démocratie aujourd'hui ne sait rien,
Et ne fera jamais quelque chose de bien.
Ainsi tout se passait avec monotonie;
Pour la rompre, Fourcand fit à la compagnie
Un discours filandreux, peu conforme au moment.
Le sénateur parla fort mal... mais longuement.
Au lieu de célébrer, fêtant l'agriculture,
Les trésors de la terre acquis avec usure
A tout bras qui s'applique à féconder son sein;
Au lieu de proclamer ce fait pourtant certain,
Que de l'agriculteur le rôle est plus utile
Que celui d'un bavard discourant à la ville;
Au lieu de faire enfin l'éloge seul des champs,
Le maire de Bordeaux fit des tableaux touchants
Du règne et des progrès de notre République,
Dont l'avenir, dit-il, lui paraît magnifique,

Tandis que le pouvoir, nommé l'ordre moral,
Au fond, n'avait été qu'un régime fatal,
Honteux pour la patrie, et pouvant la conduire
Au règne avilissant du détestable Empire.
Cet homme faisait tout ainsi pour dénigrer
Ceux qui pourraient sauver la France et l'honorer.
Quelle nécessité de parler politique
A propos d'un Comice agricole et bachique?
Et, quand il eut vanté l'ordre et l'apaisement
Que les républicains montraient en ce moment,
Il se leva de table, et, gagnant la fenêtre,
« Amis », s'écria-t-il, « j'aime à voir apparaître
» Ce peuple généreux. Ah! que d'ovations
» N'enferment point pour nous ses exclamations!
» Ecoutez, citoyens, leurs chants patriotiques,
» Peignant les sentiments des âmes héroïques!
» La *Marseillaise* seule a ces nobles refrains.
» Vivent la République et les républicains! »
Et ces chants, en effet, répétés dans la ville,
Réveillaient la terreur dans toute âme tranquille.
C'est ainsi que Fourcand, dans ses amusements,
Semait l'ordre partout et les apaisements.

Discussion au Sénat à propos de la loi sur l'enseignement supérieur

La dernière assemblée avait fait avec soin
Une loi dont chacun proclamait le besoin.

Elle avait établi des Facultés nouvelles
Exerçant désormais les mêmes droits que celles
Qui conféraient jadis, au nom seul de l'Etat,
Le nom de bachelier au lettré candidat.
Fort vif avait été le débat oratoire,
Beaucoup de députés s'évertuant à croire
Que l'Université pouvait seule avec fruit
Exercer ce mandat. Survenant avec bruit,
Le fougueux Dupanloup, sapant ces priviléges,
Avait fait décider que de nouveaux collèges
Pourraient se prononcer pour la collation
Concurremment avec l'Administration.
Cette loi qui, dit-on, favorisait l'Eglise;
La gauche la taxa de honteuse surprise,
Et, de concert avec le sieur de Waddington,
La Chambre basse obtint son annulation.
Mais il fallait l'accord avec la Chambre haute
Dont l'approbation pouvait bien faire faute.
Le Sénat, de pied ferme, attendit Waddington,
Soutenu par Dufaure et son ami Simon.
C'est Challemel-Lacour, ce foudre d'éloquence,
Qui parla le premier, vraiment avec science.
Vint ensuite Simon, homme de grands talents,
Mais qui ne fit valoir que de faux arguments.
Ces sénateurs, tous deux orateurs remarquables,
Donnèrent des raisons qu'on jugea peu valables,
En osant avancer que la collation
Dans cette loi n'était pas mise en question.
C'était bien là pourtant la seule chose au monde
Que complotât tout bas leur astuce profonde.
Le président Dufaure et le sieur Waddington,
Aidés de Challemel et de Jules Simon,
Malgré tout leur pouvoir et leur grande éloquence,
N'ont pu faire passer cette loi de vengeance.
Ils ont sur leur chemin rencontré Dupanloup,
Dont le talent les a terrassés tout d'un coup.

Le savant Laboulaye et le duc de Broglie,
L'un par ses arguments, l'autre par son génie,
Ont dans de beaux discours sur la collation
Entraîné du Sénat la résolution.
Rabagas avait dit dans sa folle méprise
Qu'il ferait avorter cette loi de surprise.
C'est la sienne qu'on vient d'abroger au Sénat.
Pour les conservateurs, quel heureux résultat !
Il est temps de sévir contre cette boutique
Qui prend insolemment le nom de République ;
Car, de nos députés, les affreux procédés
Ne rencontrent partout que des cœurs obsédés.
Nous en avons assez de cette pourriture
D'assassins, de pillards qui cherchent aventure.
Nous en avons assez de ces fous furieux
Qui tiennent le pays sous un joug odieux.
Le vote du Sénat a rétabli la France
Dans son état normal et son indépendance.
La justice et le droit ont enfin triomphé :
Chacun respire à l'aise, et n'est plus étouffé.
Mac-Mahon près de lui fit venir de Broglie,
Pour lui dire combien son âme était ravie :
Son espoir est toujours dans les conservateurs
Qui siégent aujourd'hui parmi les sénateurs.
Vers la fin des débats, le président Dufaure,
En faveur de la loi voulut parler encore.
Sa voix qui produisait autrefois de l'effet,
Rencontra le Sénat ce jour froid et muet ;
Car le garde des sceaux, atteint d'inconséquence,
Aurait dû s'abstenir dans cette circonstance.
Il avait, l'an dernier, voté l'ancienne loi :
Maintenant il l'attaque, on demande pourquoi ?
Il fit l'éloge aussi de cette chambre basse,
Dont les vils procédés et l'ignorance crasse
Font le côté honteux d'un pays déchiré,
Par la gloire et l'honneur autrefois consacré.

Puissions-nous voir bientôt notre chère patrie,
Au joug républicain n'être plus asservie !

Question du Gaz à Bordeaux.

La question du Gaz fut un événement
Qui produisit en Ville un grand étonnement.
Tout le monde comptait sur une économie,
Par suite du tarif d'une autre compagnie.
C'était bien : mais au lieu d'une réduction,
On nous parle aujourd'hui d'une augmentation.
On ne saura jamais la cause véritable
D'une erreur si grossière et vraiment incroyable.
Notre Ville présente un spectacle affligeant :
Le principal auteur en est maître Fourcand.
Voilà donc ce héros de la Démocratie,
Qui, dans la ville, était cité comme un génie,
Qui, des républicains était l'homme adoré,
De sa fausse vertu le voile est déchiré.
Dans cette ténébreuse et pitoyable affaire,
On ne sait trop comment qualifier le maire.
Avec la Compagnie existait un traité
Qui devait par Fourcand être en tout respecté.
Mais au lieu de cela, ce sénateur stupide
Crut devoir ajouter une clause perfide.
Il pria deux adjoints, pour lui servir d'appui,
D'approuver la police en signant avec lui.
On l'avait averti qu'il pouvait compromettre
Des intérêts nombreux dont il n'était point maître.

Il approuve pourtant un programme nouveau.
La Compagnie, armée, alors fait son tableau,
Chez les consommateurs va présenter son compte
Bourré d'embranchements. La réponse fut prompte.
Ce fut un cri public, un tollé général,
Contre un tarif si dur et surtout illégal.
Que n'eut-il ce jour-là la fièvre ou la jaunisse,
Lorsque Fourcand signa la nouvelle police ?
La *Gironde* est muette en cette occasion :
Elle ne sait comment excuser son patron.
Fourcand qui, du pouvoir était sur l'avenue,
Ne présente aujourd'hui qu'une grandeur déchue.
Longtemps il s'était cru tout permis à Bordeaux,
Et ses administrés n'étaient que ses vassaux.
Si Pelleport eût fait une pareille faute,
Les radicaux, je crois, l'eussent mis en compote.
Fourcand, en vain, parla de sa démission :
On ne l'accepta point pour sa punition.
Il faut qu'il continue à débrouiller l'affaire
Qui, pour lui jusqu ici, ne paraît pas bien claire.
La Compagnie, extrême en ses prétentions,
Lui fit pourtant, je crois, quelques concessions.
Ce n'était presque rien ; dans sa détresse extrême,
Il crut devoir user d'un autre stratagème.
Dans le Conseil il prit quatre de ses amis
Qu'il chargea de plaider son procès à Paris.
Ils dirent en partant n'être pas responsables,
Malgré leur bon vouloir, de sottises semblables
Après quatre ou cinq jours de supplications,
Ils voulurent en vain quelques concessions.
La Compagnie ayant sa police signée,
La délégation fut dès lors consignée.
Nous vîmes ces amis, gros-jeans comme devant,
N'ayant rien obtenu, pas même un compliment ;
Et rendant au Conseil compte de leur voyage,
Confesser qu'ils n'ont eu pas le moindre avantage.

Le Maire en écoutant ce rapport malheureux
Qui constatait si bien un tripotage affreux,
Avoua qu'il devait être seul responsable
De ce qu'on jugerait ou nuisible ou blâmable.
Après un tel aveu le Conseil fut d'avis
Qu'il ne pouvait tirer le maire du gâchis,
Ne devant vraiment pas approuver la police,
Qui formait pour Bordeaux un si grand préjudice ;
Et l'on entendit dire à Trarrieux, rapporteur,
Que Fourcand reste seul avec.... (1)
On vient de voir ici paraître une brochure
Qui met éloquemment sous les yeux la mesure
Des pertes que pouvait faire éprouver Fourcand,
S'il avait, du Conseil, conquis l'assentiment.
Il ne lui reste plus qu'un moyen dilatoire,
Pour s'affranchir enfin de ce fâcheux déboire.
Qu'il aille voir Decrais, notre nouveau Préfet :
Qu'il lui raconte bien exactement le fait;
Et le préfet, touché de sa mésaventure,
Annulera peut-être alors sa signature.
Le maire ainsi serait dégagé d'un tourment
Qui doit le fatiguer, je crois, cruellement.
Tout homme délicat après cette bévue,
Ne devrait plus ici paraître à notre vue.
Après avoir rempli si mal sa mission,
Il devait s'occuper de sa démission.
Au contraire, il entend rester encor en place
Et résister toujours au coup qui le menace.
Le Gaz récalcitrant tombe dans les procès :
La question s'embrouille et se gâte à l'excès.
A plusieurs boutiquiers refusant l'éclairage :
On les voit se fâcher : une action s'engage.
La Compagnie est donc citée en référé,
Le juge la condamne, et l'on est éclairé.

(1) Troisième acte de la *Favorite*.

Mais de ce jugement, la Compagnie appelle,
Et de tous les ressorts veut parcourir l'échelle.
On connaît des procès, l'éternelle longueur.
Quelle faute, grand Dieu, de Fourcaud sénateur !

Enterrement civil du citoyen Laterrade.

Nous n'avions jamais vu dans notre bonne ville
Pareil enterrement. Il est toujours utile
De savoir jusqu'où va la démence des gens,
Afin d'en retirer de grands enseignements.
Comme, un soir, il entrait en loge maçonique,
Laterrade soudain meurt sans qu'on se l'explique.
Il ne pût exprimer aucune volonté :
Dans la loge aussitôt son corps fut transporté.
Ses frères, ses amis coreligionnaires,
D'avance connaissaient ses croyances amères.
Sur l'heure, on résolut à l'unanimité
Qu'il serait sans nul prêtre à la fosse jeté.
L'autorité permit aux porteurs ordinaires,
D'enlever le défunt sans marques funéraires.
Une commission fut nommée au moment,
Pour régler le parcours de cet enterrement.
Auprès du corbillard la foule s'amoncelle,
Pour suivre du défunt la dépouille mortelle.
Des membres du conseil, adjoints, prirent le gland,
On regretta beaucoup de n'y pas voir Fourcand.
Pour une occasion si grande et solennelle,
Il se fit excuser par un ami fidèle.

Un cortége nombreux suivit jusqu'au tombeau
Ce vieux républicain couché dans son drapeau.
Chaque assistant portait une fleur d'immortelle,
Emblême de respect, d'amitié fraternelle.
On vit beaucoup de gens accompagner le corps,
Parés de cette fleur, pour honorer le mort.
Au moment d'arriver auprès du cimetière,
Un groupe intéressant se forma par derrière :
Les dames du quartier avec empressement
Accoururent pour voir ce bel enterrement.
On jugea pour le mort un très beau privilége
Que d'avoir à sa suite un si charmant cortége.
La foule, en s'entassant aux abords du tombeau,
Des orateurs choisis n'apprit rien de nouveau.
On plaignit séulement le pauvre Laterrade,
D'être mort de la sorte avant d'être malade.
De cet enterrement l'exemple si fameux,
Sans doute, édifira nos arrière-neveux
Et les libres-penseurs, à l'instar de la bête,
Voudront être enterrés sans tambour ni trompette.
On a gémi, de voir ce brave citoyen,
Etre par ses amis, enterré comme un chien.
Dans ses illusions, la loge maçonnique,
Marche bien de concert avec la République.
Avant de terminer ce récit écœurant,
Je dois pourtant citer un fait bien consolant :
La sœur de Laterrade atteste que son frère
Etait religieux et d'une humeur austère ;
Que, s'il fut mort près d'elle, un prêtre auparavant,
L'eût assisté, sans doute, à son dernier moment.

Rapport de MM. Turquet et Guichard sur l'enquête qu'ils ont faite à Pontivy sur l'élection de Mun.

L'élection de Mun, paraissant incomplète,
La Chambre avait jugé qu'il fallait une enquête,
Pour connaître les faits et gestes des partis,
Et dresser un rapport sur les faits accomplis.
A Turquet et Guichard, qu'on nomma commissaires,
On adjoignit encor quelques autres compères.
Entrant dans Pontivy, nos braves députés
S'attablèrent, d'abord, pour soigner leurs santés.
Ils coururent après de village en village
Pour écouter, des gens, le différent langage.
Ils voulaient à chacun sortir le vers du nez,
Et furent de l'enquête au moins tous étonnés.
Personne n'écouta leurs demandes impies :
Les filles là-dessus étaient bien averties.
Jusque dans le secret des confessionnaux
Ils cherchaient à forger des renseignements faux.
Sachant qu'en leur mandat ils sont inviolables,
De forfaits inouïs, ils devinrent coupables.
Ils ont même commis pour grossir leurs exploits,
La violation formelle de nos lois.
Ils voulaient pressurer les faibles consciences,
Pour avoir des aveux remplis de réticences.
Le vote étant secret, c'est une indignité
De vouloir rechercher pour qui l'on a voté.
Un prêtre, j'en conviens, doit observer en chaire
Sur toute politique un silence exemplaire.

Mais il peut, hors de là, recommander fort bien,
Celui qui lui paraît le meilleur citoyen.
Quant aux motifs du vote, il n'est pas admissible
Qu'on puisse rechercher ce qui n'est pas visible.
Voulant savoir pour qui tel ou tel a voté,
C'est positivement de l'immoralité.
Vouloir violenter l'électeur dans son voté,
C'est un crime formel et bien plus qu'une faute;
J'y vois un attentat contre la liberté:
Celui qui le commet est un homme éhonté.
Messieurs Turquet, Guichard et leurs autres confrères
Ont commis, tout au moins, des actes téméraires.
Ces hommes qui, des lois, sans doute, sont instruits,
Devant les tribunaux devraient être traduits.
Mais les républicains osent tout se permettre
Depuis que leur parti de la France est le maître.
Le journal la *Gironde* approuve incontinent
Ce rapport ridicule autant qu'inconvenant,
Qui fourmille de tant de faits invraisemblables,
Qu'on doit les regarder comme de pures fables.
La Chambre, à leur départ, semblait leur avoir dit:
Vous ferez un rapport conforme à mon esprit.
Ces agents animés d'un zèle téméraire
Sont allés bien plus loin qu'ils n'auraient dû le faire.
Des faits qui paraissaient remplis de gravité
N'étaient en résultat que pleins de fausseté.
Ils disaient qu'on voulait renverser une grille,
Entourant près l'Eglise un tombeau de famille,
Si les parents du mort dans le sens opportun
Ne donnaient pas leur vote au vicomte de Mun.
Turquet a dit aussi dans l'ardeur qui le presse,
Qu'on demandait, après le cinq Mars, à confesse,
Aux femmes quels étaient les noms que leurs maris,
Pour être déposés au scrutin (1), avaient pris.

(1) Deux jours après l'élection.

Et l'absolution leur était refusée,
Si leurs maris avaient pris la voie opposée.
Voilà donc le rapport qu'a fait le sieur Turquet :
Il joint au ridicule un mensonge complet.
Le rapport de Guichard est encor plus perfide :
Les prêtres sont l'objet de sa haine homicide,
Il est anti-papiste et ne sera content,
Que lorsque nous verrons le règne de Satan.
Le *Journal des Débats* avec raison se fâche,
En lisant un rapport si confus et si lâche ;
Et même, il blâme avec grande indignation,
Les empiètements de la Commission,
Disant que, sous le vain prétexte d'une enquête,
Elle a fait sciemment un acte malhonnête,
Capable de peser sur la majorité
Et de dénaturer ainsi la vérité.
Et pourquoi deux rapports, dit-il dans sa colère ?
Il fallait à Turquet un Guichard pour compère.
Ils ont, par fantaisie, élargi leur mandat,
Sans se préoccuper d'un digne résultat.
Employant de l'argent en stériles dépenses,
Ils faisaient à l'hôtel d'éternelles bombances ;
Le chiffre en grossira d'autant plus le budget.
Mais qu'importe ? Ils auront accompli leur projet.
Ils ont fait un rapport d'à peu près cinq cents pages,
Barbouillé du papier et fait des tripotages.
Il naît, en attendant, cent protestations
Contre cet attirail de perquisitions.
L'abbé de Lomiac et le prêtre Rivière
Disent qu'ils n'ont écrit qu'une œuvre mensongère.
Les Favre, Gambetta, les Pelletan, Simon,
Sans doute, approuveront ces scandales sans nom ;
Et vous ne voulez pas que la France murmure,
Lorsque d'un tel rapport on entend la lecture ?
On ne pensa pas moins que cette élection
Obtiendrait les honneurs de la cassation.

Mais tout en attendant que justice se fasse,
Les électeurs de Mun, au Morbihan, en masse,
Ont dit qu'autant de fois, on l'invalidera,
Autant de fois, par contre, on le renommera.

Incident Gambetta.

Gambetta fera donc toujours parler de lui !
Le verrons-nous encor, nous saturant d'ennui,
Se réserver le droit de faire du tapage,
En tenant à la Chambre un insolent langage?
Il vient encore user d'interpellation
Pour mettre l'assemblée en grande émotion.
Il s'agissait, je crois, de savoir d'une école,
Grâce à quel subterfuge elle eût le monopole
De connaître à l'avance un programme complet
Qui, jusqu'aux examens, devait rester secret.
Gambetta, qui toujours tombe sur le jésuite,
Attribua ce fait à la secte maudite,
Qui, par sa perfidie et sa ténacité,
Fait partout triompher son pouvoir redouté.
Gambetta là dessus demandait une enquête
Pour savoir qu'elle était la personne indiscrète
Qui, préalablement au concours solennel,
Avait ainsi commis cet acte criminel.
Le ministre averti fit alors la promesse,
Qu'à trouver le coupable, on n'aurait point de cesse,
Et qu'il ferait traduire en accusation
Les auteurs présumés de l'indiscrétion.
Gambetta reprenant dit, à propos de botte,
Que l'Empire était faux et toujours en ribotte;

Mais qu'à la République incombait le devoir,
Dans sa haute vertu de faire tout savoir.
Et puis, il ajouta que rien, dans la nature,
De l'Empire, n'offrait l'immonde pourriture.
Cassagnac riposta : vous n'êtes qu'un fumier
Dont le Pays sous peu devra se déblayer !
Etait-ce à Gambetta de parler de la sorte ?
Il aurait mérité qu'on l'eût mis à la porte !
Ce drôle savait bien qu'en s'exprimant ainsi,
Il allait soulever la rage d'un parti.
Ne se souvient-il plus de la honteuse trace
Qu'une main vigoureuse imprima sur sa face ?
Ce mot de pourriture, à bon droit outrageant,
Excita dans la Chambre un tumulte effrayant.
De tous côtés des cris, des plaintes, des menaces
Assaillirent l'auteur de si grandes audaces.
Des provocations s'ensuivirent soudain :
Le président voulut s'interposer en vain.
Robert Mitchell surtout, enflammé de colère,
Provoqua Gambetta d'une voix de tonnerre :
Il voulait obtenir la rétractation
De ce mot *pourriture*, ignoble expression.
La gauche refusa d'accueillir la demande,
Et Gambetta n'eut point même une réprimande.
Au sortir de la Chambre, on parla de duels :
Des témoins furent pris pour des combats mortels.
Le président Grévy par sa prépondérance,
Empêcha toutefois tout acte de vengeance ;
Mais comment voulez-vous que l'indignation
Ne fasse pas bondir toute la nation ?
Ils osent, ces braillards, se vanter d'être sages
Et de gens comme il faut avoir pris les usages.
Pourquoi donc avons-nous entendu Gambetta,
Insulter un parti si puissant dans l'Etat?
Il prend pour mission de soulever l'orage
Et des autres partis de provoquer la rage.

Modification de la loi des maires.

La Chambre basse a cru, tel était son désir,
Que le Sénat n'avait d'autre rôle à remplir,
Que de ratifier ses actes arbitraires,
Et dans les sénateurs voyait des tributaires.
Le Sénat la laissait dire et s'enorgueillir,
Et guettait le moment de frapper et d'agir.
En effet, s'élevant contre la loi des maires,
Qui pouvait agiter et troubler les affaires,
Le Sénat protesta contre l'article trois
Y voyant le motif de graves désarrois,
Les députés voulaient, sans plus tarder, qu'en France
On fit l'élection sur une échelle immense ;
Mais le Sénat jugea que l'agitation,
Présiderait partout à cette élection.
Il la limita donc aux petites communes,
Et remit à plus tard, aux heures opportunes,
Le choix définitif, dans les grandes cités,
Des maires, adjoints et municipalités.
Cette nouvelle loi, de la sorte écourtée,
Fut portée à la Chambre et par elle écoutée.
Les députés, ce jour, agirent sagement,
Prirent un rapporteur qui, sans perdre un moment,
Proposa d'adopter la loi modifiée :
Elle fut, chose étrange, ainsi ratifiée.
En remplissant ainsi sa haute mission,
Le Sénat a sauvé la situation.

Election Dufaure au Sénat.

Nos députés voulaient abréger leurs séances
Pour arriver plus tôt au moment des vacances ;
Mais le pouvoir voulait faire une élection
Précisément avant la séparation.
Il fallait suppléer un membre inamovible
Qui venait de mourir. Le Sénat crut possible
De procéder de suite à ce remplacement.
Dès lors, chaque parti se mit en mouvement ;
La lutte s'établit d'une façon intense
Entre deux concurrents d'une égale importance.
On vit donc sur les rangs Dufaure et Chesnelong.
On fit bien le calcul ; le pointage fut long.
Dufaure, du Conseil, ayant la présidence,
Voulait des sénateurs abaisser la puissance,
Et se venger ainsi des dédains d'un Sénat
Qui trop souvent blessa le ministre d'Etat.
La puissance toujours exerce un grand empire,
Des membres du Sénat se laissèrent séduire.
Pour ne pas compromettre une position,
Contre leur conscience, ils votèrent, dit-on.
Chesnelong que la droite en secret voulait prendre,
Au rang de sénateur avait droit de prétendre ;
Hélas ! Républicains, radicaux, employés,
Se sont pour le ministre ardemment déployés ;
Et la majorité qui s'était établie,
Grâce au gouvernement devint fort affaiblie.
En effet, au scrutin, Dufaure triompha :
Malgré tous ses amis, Chesnelong succomba.

Voyage du Président

Mac-Mahon arrivant en gare de Lyon
Vit accourir vers lui la population.
Quelques cris détachés dans les airs retentirent :
Peu d'arrestations cependant s'en suivirent.
Monsieur Welche, préfet, reçut le Président
Et le mit en voiture après le compliment.
Les salons du Préfet étaient remplis d'avance,
Et chacun fut reçu par rang de préséance.
Tout allait assez bien, lorsque, par un hasard,
Le Conseil général se tenant à l'écart,
Fut oublié, ma foi, dans la cérémonie,
Et cet oubli fut pris avec acrimonie.
Le Préfet averti fit partir un exprès
Pour, d'abord, au Conseil, exprimer ses regrets,
Sur ce retard causé par pure inadvertance,
Et puis, pour réclamer au plus tôt sa présence.
Le président Tervet, du Conseil général,
Se trouvant offensé prit la chose fort mal.
Il eut l'air de singer la dignité romaine,
Se drapa, mais agit comme un énergumène ;
Au lieu de se résoudre à l'avis du Préfet,
Il battit en retraite en visant à l'effet.
Grande rumeur alors dans toute l'Assemblée,
Et la réception devint toute troublée.
Le Président, le soir, donnait un grand repas,
Mais Tervet, invité, dit qu'il n'y viendrait pas.
Les journaux aussitôt connaissant l'aventure,
Trouvèrent dans ce fait une bonne pâture;

Et, pendant quinze jours, la presse avec ardeur
Sema, sur ce sujet, la malice et l'erreur.
A la fin du dîner, quantité d'acrobates
Vinrent, sous les salons, épanouir leurs rates,
Chantant la *Marseillaise* en variations,
Et d'autres saletés sur l'air des *Lampions.*
Ces chants étaient conduits par le sieur Ordinaire,
Deputé de Lyon, et, de plus émissaire,
Du cercle Groléen, assemblage fameux
De tous les radicaux, de pleutres et de gueux.
Lyon est un foyer de trames criminelles,
Et rempli de sujets factieux et rebelles.
Il semble à ces gredins, dans leurs petits cerveaux,
Que le pouvoir doit être aux mains des radicaux;
Qu'eux seuls peuvent, un jour, régénérer la France,
Reconquérir sa gloire et sa prépondérance :
Cependant, revenons au bizarre conflit
Qui de Welche et Tervet avait brouillé l'esprit.
Le Conseil général se remit en séance,
Et l'on fit des discours, bouillant d'effervescence.
Le président fixé sur ce qui s'était fait,
Dégagea Mac-Mahon ainsi que le préfet.
Il expliqua l'erreur qu'on avait pu commettre,
Et dit que tout grief devait donc disparaître.
Le Conseil devint calme, et même on décida
Que l'affaire devait finir par un gala.
Alors on invita le préfet et le maire,
Et chacun fit la paix en remplissant son verre.
Cet incident causa du bruit dans Landernau,
Mais il se termina par l'accord le plus beau.
Constatons cependant que pendant son voyage,
Mac-Mahon excita la rancune et la rage
De tous les radicaux, car on remarqua bien
Qu'il n'avait pas parlé comme un vrai citoyen,
Et que le président, c'est un fait authentique,
N'avait pas prononcé le mot de République.

—

On sait que Mac-Mahon faisait, en voyageant,
Un parcours militaire, et qu'il est indécent
Qu'on veuille incriminer dès lors sa politique,
Parce qu'il n'a pas dit un mot de République.
Mais il n'en vit pas moins la population
Calme et respectueuse, excepté dans Lyon.
Dans les autres endroits et dans chaque village,
Les paysans couraient pour bénir son passage.
Mac-Mahon dans Paris rentra fort satisfait,
Et ce voyage, fit en France, un bon effet.

---

21 août 1876. Session du Conseil général.

Dans cette session du Conseil général,
Nous vîmes un conflit assez original.
En ouvrant les débats, suivant l'antique usage,
Aymen prit le fauteuil comme président d'âge.
Le secrétaire fut le plus jeune assistant ;
Le bureau fut ainsi formé dans un instant.
Tout cela se passa de façon fort tranquille ;
Il fallut aborder la chose difficile ;
Il s'agissait du choix final d'un président,
C'était l'objet le plus sérieux du moment.
Les membres n'avaient fait nul accord préalable :
Tout était incertain et tout était probable ;
Fourcand avait chez lui réuni des amis ;
Il vit que nul espoir pour lui n'était permis.

Son parti si puissant aujourd'hui l'abandonne,
Et le vide se fait autour de sa personne.
Aucun choix n'étant fait, il fallait cependant
S'occuper de nommer un nouveau président.
Alexandre Léon, Fourcand et duc Decazes
Furent mis sur les rangs, et dans la même case.
Certains voulaient, d'abord, consulter le scrutin,
D'autres étaient d'avis d'attendre au lendemain.
Métadier et Raynal ayant, vaille que vaille,
Réuni des amis, ouvrirent la bataille;
Ils intriguaient tous deux en faveur de Léon;
Ils n'aimaient pas Decazes, et son air de grand ton.
Duc Decazes et Léon avaient l'air de s'entendre,
Léon contre le duc ne voulait rien prétendre;
Ce dernier cependant sent son cœur abattu :
C'est Léon qui l'emporte ; oui, le duc est vaincu !
Tous les républicains par un vote hypocrite
Ont fait pencher la voix pour un israélite.
Personne ne croyait à pareil résultat :
Ce fut un coup fourré, dont Léon profita.
Il en eut l'air surpris, mais il garda la place
Qui donne du relief à son antique race.
Le tour était joué, duc Decazes et Fourcand
Devenaient le jouet d'un habile intrigant.
La tribu des Léon est, sans doute, estimable;
Son côté politique est pourtant bien blâmable,
A moins de décider que la distinction
Consiste à renier sa propre opinion.
Royalistes jadis, ils ont levé le masque :
Et de la République, ils arborent le casque.
Au mois de Février, il est prouvé, dit-on,
Qu'on dut la République à la voix d'un Léon.
Notre Conseil, après tous ces préliminaires,
S'occupa, sans retard, de choses ordinaires.
Mais rien ne fut saillant dans cette session,
Et chacun, à peu près, parla sans passion.

Deux orateurs pourtant, conservant la parole,
De l'opposition acceptèrent le rôle.
Ils se nomment, dit-on, Métadier et Raynal,
Et prêtent leur concours au parti radical.
Sur de pareils sujets quel avenir se fonde ?
S'ils étaient députés, un jour, de la Gironde !
Ils nous rappelleraient nos anciens Girondins.
Mais, sans doute, ils auraient de plus heureux destins.
Je ne veux plus longtemps blesser leur modestie,
Car des vrais Bordelais, ils ont la sympathie.
D'usage, le préfet remplit un rôle actif,
Mais Decrais s'est conduit comme un être passif.
Sans entrain, il n'a pu dominer l'Assemblée ;
Léon s'est assez bien tiré de la mêlée.
Mais un usage ancien, qu'on ne peut oublier,
C'est de se réunir afin de festoyer.
Le préfet invita le Conseil à sa table ;
C'est un lien d'union charmante et véritable.
Personne ne fut sourd à l'invitation :
De partis, on ne fit nulle distinction ;
Il ne fut question pas plus de République,
Que d'Empire français ou d'état monarchique.
Le conseil, à son tour, invita le préfet ;
Je sais qu'au Moulin-Rouge, il donna son banquet.
Personne à ce dîner ne parla politique,
Et la réunion fut toute pacifique.
Du conseil, quand Decazes était le président,
Les choses se passaient beaucoup mieux qu'à présent.
Dirigeant les débats avec grande sagesse,
Ses actes respiraient l'ordre et la politesse ;
Chaque membre prenait la parole à son tour,
Et sur la question s'exprimait sans détour.
De ses opinions, malgré l'inconséquence,
C'est le duc qui devait avoir la présidence.
On se souvient, d'ailleurs, de l'important reflet,
Qu'il laissa dans Bordeaux. Quel important banquet.

Il donna pour son compte à divers personnages
Qui formaient de Bordeaux les grands aréopages!
Cette société d'une insigne valeur,
Voyait le haut commerce à la table d'honneur.
Mais le dernier dîner qu'offrait la Préfecture,
Renfermait bien des gens de médiocre allure;
Tout en proportion était simple et frugal,
Ce ne fut pas, dit-on, un splendide régal.

Aperçu sur la question d'Orient.

La grande question d'Orient se complique,
Le Czar à la Serbie est toujours sympathique.
Je vois la politique et la religion,
Contre le grand Sultan mêler leur action.
La corde est bien tendue et le cas très critique:
Je n'en augure point une fin pacifique.
L'orage qui toujours gronde dans l'Orient,
Nous démontre le mal de plus en plus criant.
La Russie et la Prusse ont fait une alliance
Qui pourra faire échec à chaque autre puissance.
La Russie agissant seule dans ce conflit,
De l'Europe atterrée, et se moque et se rit.
L'Autriche n'osera jamais bouger, je pense;
L'Angleterre sera tranquille par prudence.
Du Sort qui règle tout, qui connaît les arrêts?
Les plans les mieux conçus sont souvent sans effets.

Quand du fourreau, l'épée est une fois sortie,
Qui pourrait d'un vainqueur arrêter la folie?
Peut-être va s'en suivre à cette occasion,
Des Turcs et des chrétiens la séparation.
C'est le vœu de l'Europe : il faut que la Turquie,
Quitte Constantinople et demeure en Asie.
De grandes questions vont sûrement surgir :
Pour l'Europe bientôt un Congrès doit s'ouvrir.
Trop heureuse la France, en cette circonstance,
Si, pouvant regagner son ancienne puissance,
Elle avait, pour sa part, les provinces du Rhin !
Mais n'anticipons pas sur les faits de demain.
Je ne vais pas plus loin, j'arrête-là mon rêve,
Mais tout mon désir est que le nuage crève.
Les grands événements qu'on nous a tant prédits
Rentreraient-ils bientôt dans les faits accomplis?
Verrons-nous, entre temps, l'empereur de Russie,
Maître à Constantinople et dans Sainte-Sophie,
Y faire célébrer la messe sous ses yeux,
Réalisant ainsi le vœu de ses aïeux?
Ce triomphe serait, pour l'Europe étonnée,
Des cinq siècles derniers la plus belle journée,
Si du moins ce grand fait venait à s'établir,
Sans verser trop de sang pour le voir s'accomplir.
Une crainte pourtant et m'agite et m'oppresse :
Ce serait, des softas, la fureur vengeresse,
Qui, se ruant encor contre tous les chrétiens,
Les extermineraient alors comme des chiens.
On doit, des musulmans, craindre le fanatisme,
Qu'ils prennent sans raison pour du patriotisme.
La mort est le seul Dieu qui doit les diriger :
C'est le grand Mahomet qui prescrit d'égorger.
L'Empire d'Orient doit bientôt disparaître :
Pourquoi tant différer? il n'a plus raison d'être
Depuis quatre cents ans qu'il règne en ces climats,
Il est temps qu'en Asie, il fixe ses états.

Quelle honte, grand Dieu ! pour la race chrétienne,
D'être soumise au joug de la race païenne ?
Et que sept millions de chrétiens avilis
A l'Empire ottoman soient encore asservis !
Oui, la révolte est juste, et quand la Bulgarie
Voit, des Turcs, la sanglante et lâche barbarie,
Les femmes, les enfants, les soldats égorgés,
De tant d'atrocités veulent être vengés.
Il est bien naturel que la nation Slave
Veuille sa délivrance et n'être plus esclave.
Le Sultan ne pourra jamais être d'accord
Avec la volonté des puissances du Nord,
A moins de se soumettre à des lois léonines
Et passer forcément par les fourches caudines.
Enfin, il faut savoir si l'Empire ottoman
Doit avoir, en Europe, encor son grand Sultan.
Poser la question, pour moi, c'est la résoudre :
Contre les Musulmans tombons comme la foudre.
Il faut qu'on puisse dire et bien le constater :
La Turquie, en Europe, a cessé d'exister.

Rentrée de la Chambre, le 5 novembre 1876.

De cette session le principal objet
Fut pour nos députés l'examen du budget.
Gambetta présidait à la loi des finances,
Et voulait supprimer quelques grosses dépenses.

Il fit donc, à son gré, composer un rapport
Qui, par plusieurs motifs, nous étonna d'abord.
Il est bien naturel qu'on fasse des demandes,
Pour alléger le poids de charges aussi grandes,
Et nous applaudirions au tribun Gambetta
S'il pouvait adoucir le budget de l'Etat.
Ses propositions étaient presque illusoires :
Il voulait supprimer des chiffres dérisoires.
Il peut bien pérorer ; mais en fait de budget,
Gambetta m'a paru n'être qu'un paltoquet.
Notez bien, en passant, que ses économies,
Se portaient sur l'armée et les aumôneries.
Chapitre Saint-Denis, plusieurs autres chapitres,
Virent anéantir leurs pensions et titres ;
On voulait aux curés refuser les secours,
Dont ils avaient besoin surtout dans leurs vieux jours ;
Et les suppressions faites par des laïques,
Affectaient seulement les prêtres catholiques.
Dufaure fut bien loin d'être d'un tel avis,
Mais ses sages conseils ne furent pas suivis.
Il blâma le rapport, lequel plut à la Chambre,
Et l'on vit triompher les hommes de Septembre.
Au Sénat, nous verrons si ces suppressions
Ne seront pas l'objet de réclamations.
Sur le budget pendant qu'on discutait sans cesse,
Le Sénat s'occupait de ce qui l'intéresse.
Il allait procéder à deux élections
Qui devaient soulever bien des ambitions.
Il s'était établi beaucoup de concurrence
Entre tous les partis qui divisent la France.
L'on était incertain sur la majorité,
Et chaque candidat craignait d'être écarté.
Chesnelong et Vinoy, défendus par la droite,
Voyaient bien que la voie était pour eux étroite.
Renouard par la gauche était bien soutenu,
Mais redoutait aussi de se revoir vaincu.

Cependant, au scrutin, Chesnelong l'emporta,
Vinoy perdit des voix, et Renouard monta.
On dit, à cet égard, que les bonapartistes,
Crurent être trahis par les légitimistes.

Incident de la Chambre des députés

Je dois parler ici de la grande séance,
Où les divers partis se virent en présence.
Jamais on n'entendit dans notre Parlement
De mots lourds et grossiers, pareil débordement.
C'était un vendredi : je pense que la Chambre
Se souviendra longtemps du vingt-quatre Novembre.
L'injure, ce jour-là, coula comme un torrent,
Et jamais on ne vit tableau plus écœurant.
Il faut être vraiment en temps de République
Pour donner au pays ce spectacle cynique,
Et beaucoup ont pensé que la Convention
N'avait jamais produit semblable impression.
Ce fut un arsenal de haine et de colère,
Et des plus vils propos, *un grand vocabulaire.*
On dirait qu'aujourd'hui nul n'a le droit réel
D'avoir un sentiment qui lui soit personnel.
Si l'on prie à l'Eglise, on passe pour jésuite ;
Toute procession a l'insulte à sa suite.
Une femme pieuse et qui, pendant vingt ans,
Fut l'exemple et l'honneur des dames de son temps ;

Qui reçut à Paris la couronne de France,
Sous des parvis dorés, devant un peuple immense,
Aux acclamations du Corps électoral ;
Qui remplit dignement son devoir conjugal ;
Qui, sur la terre, était des vertus le modèle,
Et jamais, à la cour, n'avait fait parler d'elle ;
Qui s'occupait toujours d'œuvres de charité,
Du rang qu'elle occupait avait la dignité !
Comment s'est-il trouvé dans l'Assemblée, un drôle
Qui, *parlant d'elle, a dit* : « Ce n'est qu'une Espagnole? »
Tant de perversités et d'objurgations
Ne peuvent qu'exciter les indignations.
Gambetta seul pouvait avoir autant d'audace,
Et prouva qu'il avait toujours l'âme bien basse.
Tous les honnêtes gens de la Chambre, aussitôt,
Dans leur étonnement critiquèrent ce mot.
Grévy l'ayant trouvé d'une grande indécence,
Invita Rabagas à plus de convenance.
Quand cesseras-tu donc, misérable Gênois,
De joindre l'insolence au mépris de nos lois ?
Compterais-tu toujours empoisonner la France,
Et du patriotisme affecter l'apparence ?
Quand te verrai-je exclu de la société,
Et ne plus te targuer du nom de député ?
Occupe, si tu veux, l'emploi de journaliste :
Tu peux, dans ce métier, passer pour grand artiste,
Mais ne t'avise plus d'être législateur ;
Tu n'es, à dire vrai, qu'un grand perturbateur.

Crise ministérielle.

Dufaure, ayant subi des échecs successifs,
Ses moyens devenaient de plus en plus passifs.
La loi de Gatineau concernant l'amnistie,
Fut adoptée en plein par la démocratie.
Dufaure avait tenté de la modifier,
Le Sénat refusa de la ratifier.
Le ministre, à la voix jadis prépondérante,
Vit entrer le dégoût dans son âme puissante.
L'audacieux Marcère, avide de pouvoir,
De son autorité, qui l'eût pu concevoir?
Soutint que les convois civils devaient, sans doute,
N'être plus défendus, ni gênés dans leur route.
Marcère n'étant pas du tout autorisé
A s'engager ainsi, fut démonétisé.
Dufaure fut choqué ; cette tracasserie
Répandit le chagrin dans son âme flétrie.
Il crut ne pouvoir plus accomplir son devoir,
Et sa démission fut remise au Pouvoir.
Par Mac-Mahon d'abord elle fut écartée,
Mais en définitive elle fut acceptée.
Aussitôt une crise a tristement paru :
La voix du Maréchal a pourtant prévalu.
Ses conseillers et lui dans une heureuse entente
Firent un ministère après dix jours d'attente.
De part et d'autre on fit quelques concessions,
Et dès lors ont cessé les compétitions.
Personne, en cet accord, n'éprouva de surprise,
Car chacun désirait voir la fin de la crise.
Le commerce, a-t-on dit, va prendre son élan,
Et l'effet s'en fera sentir au jour de l'An.

Le marchand, quand il voit entrer dans sa boutique
Quantité de clients, laisse la politique.
Mais les Chambres feront bien de se dépêcher
Pour activer la vente au lieu de l'empêcher.
Pour les Parisiens, ce sont des jours de fête,
Et le gouvernement doit se mettre à leur tête.
Le ministère est donc formé dans le moment :
C'est pour la nation un grand apaisement.
Tout le monde n'est pas content de cette issue :
Ce n'est pas cependant une déconvenue.
Mac-Mahon à la gauche a concédé Simon;
C'était le seul moyen d'en obtenir raison.
Il a gardé Berthaut, ministre de la guerre,
Et des républicains, affronté la colère.
Simon est devenu du Conseil président :
C'est pour la République, un superbe présent.
Les journaux, à Simon, ne sont pas très hostiles,
Car ses antécédents furent toujours tranquilles.
C'est un os à ronger qu'on donne aux radicaux,
Il faut les allécher par de friands morceaux.
Ce n'est pas pour la gauche une mésaventure :
La crise a pris pour elle une bonne tournure.
Cependant, Gambetta, dans son fameux journal,
Fit jadis de Simon un portrait infernal.
Qu'on lise l'*Univers*, (1) on verra la critique,
Faite contre Simon d'une manière inique.
Ce n'est qu'un renégat, qu'un grand comédien,
Dont le seul but, toujours fut d'amasser du bien.
Il possède, en effet, une grosse fortune,
Et dès lors, il n'est pas l'ami de la Commune.
Mais sa grande richesse inspire le mépris.
On veut qu'il ait vendu son honneur à vil prix.
En prenant trop de part à toutes les intrigues,
Et de tous les partis en fomentant les ligues.

(1) Du 15 décembre 1870.

On dit qu'il fut toujours un habile intrigant,
Au besoin remplissant un rôle dégoûtant ;
Que Thiers, satisfait de son esprit cynique,
Enfin ne l'a choisi que comme un domestique ;
Voilà donc le sujet que, par nécessité,
On prend pour sa souplesse et son habileté.
Dans l'état actuel, il est assez logique,
Que le premier ministre aime la République.
Or, nous avons tous lu la déclaration
Qu'a faite à cet égard, le sieur Jules Simon.
Il annonce qu'il est républicain sincère,
Mais d'un conservateur qu'il à le caractère.
Par raison, il ménage un peu chaque parti,
Et paraît n'en traiter aucun comme ennemi.
A la souplesse, il joint un semblant de franchise,
Et quoique protestant, aime les gens d'Eglise.
Avec plaisir, dit-on, notre clergé l'a vu,
Puisqu'il avait jadis par lui tout obtenu.
Il a donc des amis parmi les grands vicaires,
Et les protégera contre leurs adversaires.
On pense qu'il n'a pas la moindre intention
De désorganiser l'administration ;
Et les positions honnêtement acquises
Ne seront pas l'objet d'injustes convoitises.
Ainsi, je ne vois pas un bien grand changement,
(Simon deux nouveaux noms) dans le gouvernement.
Et quand le Septennat aura fini sa tâche,
C'est alors qu'il faudra travailler sans relâche.
Jusques-là, dans le calme, il faut passer nos jours,
Et dans un bon état nous maintenir toujours.
On ne regrette point soit Dufaure ou Marcère,
Et Simon et Martel sont ceux que l'on préfère.
Rabagas en éprouve un bien grand déplaisir :
Les lauriers de Simon l'empêchent de dormir.
Il voudrait soutenir, dit-on, son ministère,
Mais sa haine n'est plus pour personne un mystère.

Leur inimitié prit naissance à Bordeaux,
Et règne, depuis lors, entre ces deux rivaux.
On les vit dans nos murs en grande concurrence,
Au sujet de leurs droits à la prépondérance.
Se détestant toujours fort cordialement,
Simon et Gambetta se disputaient souvent.
Rabagas à Simon fit un jour la menace,
De le mettre en prison. Surpris de son audace.
Simon lui dit alors, c'est à moi d'ordonner,
Et je vais à l'instant vous faire emprisonner.
C'eût été beau de voir ce couple ridicule,
L'un par l'autre enfermé dans la même cellule.
Ces hommes aujourd'hui sont huchés au pouvoir,
Le pays en secret rougit de les y voir.

Courbe ta noble tête, ô France! ô ma patrie!
N'ai-je donc tant vécu que pour te voir flétrie;
Que pour te voir subir la domination,
De cette Prusse, objet de mon aversion?
France, reprends courage : un jour viendra, sans doute,
Où de Berlin encor nous trouverons la route.
Où le grand souvenir d'Austerlitz et d'Iéna,
Nous vengera, peut-être, et nous enflammera.
Nous verrons accourir l'Alsace et la Lorraine,
D'autres peuples encor, seconder notre haine.
A moins que l'Allemagne, échangeant son larcin,
Ne nous vende à prix d'or nos Provinces du Rhin,
Et quelques milliards pourraient plutôt lui plaire,
Que de courir encor les chances de la guerre.

Election finale de M. de Mun

Du vicomte de Mun la validation
Fut pour la droite un jour de satisfaction.
Après plus de deux ans, il valait bien la peine
D'avoir fait tant de bruit d'une chose si vaine.
De Turquet et Guichard voilà le résultat ;
Ils auront sottement écouté Gambetta.
Ils auront vainement déployé leur adresse,
Pour faire, au Morbihan, des actes de bassesse.
C'est ainsi que ces gens veulent la liberté ;
Ils savent, au besoin, la mettre de côté.
Bien des républicains sont des gens d'aventure,
Qui feront dans le monde une triste figure.
Les héros de Septembre, assis sur leurs lauriers,
Tranquilles aujourd'hui, ne sont plus émeutiers ;
Possèdent plus ou moins une grosse fortune,
Et traquent au besoin les gens de la Commune.
Ils se sont abrités chez les conservateurs,
Veulent dans ce moment être organisateurs.
Simon rendra, s'il peut, la République aimable,
Et voudrait lui donner une tournure stable.
Il laisse les partis se disputer entre eux,
Et désire ne pas se voir entre deux feux.
C'est, dans la circonstance, une sage tactique :
On cesse de haïr ainsi la République;
Et ce mode, malgré ses inconvénients,
Trouve, à le supporter, bien des gens patients.
Dufaure était cassant, et son esprit sceptique
Empêchait d'adopter sa rude politique.
Simon, bien plus habile et beaucoup plus moelleux,
Se fait des partisans et des amis nombreux.
Je croyais à Martel une âme bien plus haute :
Ce ministre a commis une bien grande faute.

Il a manqué de tact et de précaution,
En signant, de Bailleul, la destitution.
Il s'est mal fait venir de la magistrature,
Qui, contre elle, n'a vu qu'une bien grande injure (1).
Elle peut se tromper, elle peut s'abuser,
Mais de la violence, on ne doit pas user.
Quelle déception pour Martel et Dufaure,
Si la suprême cour vient confirmer encore,
Par de justes motifs, l'arrêt de Besançon!
Pour le gouvernement, quelle grande leçon!
Mac-Mahon a signé l'acte du ministère,
On sait qu'il n'est pour rien dans cette triste affaire
Au Sénat, le budget cause de grands débats
Et pour le critiquer on ne se gêne pas.
Sans crainte, il rétablit les crédits nécessaires,
Pour nos aumôniers et certains militaires.
C'est un coup rigoureux pour l'opposition,
Mais tout le monde croit à sa soumission;
Et malgré tout le bruit de la gauche infernale,
Nous verrons s'accomplir une entente finale.
Tolain, ce champion du parti radical,
Refuse tout secours au parti clérical;
Mais Dupanloup riposte à cet énergumène
Et dans tous les crédits supprimés le ramène;
Il se range à l'avis de la commission,
Et prouve du Sénat la modération.
Les ministres pensifs écoutent en silence
Les divers orateurs qui, par leur éloquence,
De grandes vérités font répandre les flots
Et portent la lumière au milieu du chaos.
Jules Simon pourtant, par son expérience,
De la majorité capte la confiance.
C'est un heureux début, et cette session
Finit paisiblement grâce à Jules Simon.

(1) *Saummum jus summa injuria.*

PÉRORAISON

Dernier jour de la session de 1876.

J'apprends que sur la fin de la législature
Nos affaires ont pris une bonne tournure.
Après un salutaire et sérieux effort
Nos Chambres ont fini par se mettre d'accord.
Que le ciel soit béni! le jour de l'An commence
Sous un heureux auspice et de grande espérance.
De ses grands embarras Mac-Mahon sort vainqueur :
La France le salue avec joie et bonheur.
Que le Sénat aussi reçoive notre hommage
Pour avoir combattu sans cesse avec courage,
L'orgueil et la fierté de nos représentants
Dans leurs prétentions toujours trop exigeants.
Simon et Rabagas ont rompu plusieurs lances
Et se sont mesurés dans deux grandes séances.
Simon, dans cette lutte, a vaincu son rival.
Gambetta furieux, n'est plus que son vassal.
Ces deux grands orateurs, mis ces jours en présence,
Ont fait preuve chacun d'une rare éloquence.
Puisse dans l'Orient, l'horizon s'éclaircir,
Toute haine s'éteindre et la paix revenir!
Entretemps nous voyons la hausse de la rente :
Le calme s'établit, la confiance augmente.
Ne désespérons pas d'un meilleur avenir :
Puisse la guerre enfin ne jamais revenir!
Les ministres ont dit : « En nous qu'on se repose,
» Retirez-vous en paix : la session est close.

E finit la comedia.

Bordeaux. — Imprimerie Nouvelle, A. BELLIER, rue Cabirol, 16.

www.ingramcontent.com/pod-product-compliance
Ingram Content Group UK Ltd.
Pitfield, Milton Keynes, MK11 3LW, UK
UKHW012110240726
13965UKWH00004B/1677

9 782013 399203